偏見與傲慢

圖：菜心　文：心琳

推薦序

洗滌貓奴們的心靈，特別經歷過喪貓之痛的每一位，似曾相識的畫面帶來無比的共鳴感，配合充滿童真反治癒色彩的插圖，是愛貓人士必備的恩物。

Cuson Lo，又名咳神。香港著名漫畫家及廣告插畫師，於 Facebook 專頁《怪叔叔の散步道》刊載搞怪及諷刺漫畫作品，以「鍾意周街逛的漫畫家大叔」自居。

喪貓之痛，往往令人著眼於別離一刻：如果那時我這樣那樣做，牠可能活久一點！然後，不斷自責；卻忘記了，生死聚散有時，人貓相處的每天其實比死亡一刻更重要啊！

早年痛失愛貓米高，牠教曉我要好好照顧牠兩位兄弟，牠倆一天一天變老，我就更拚命去愛，和人一樣，到了某種年紀，每天能好好活著都是賺回來的。我想，這就是書中治癒又溫柔的插畫和文字所想帶出的「珍惜」。

文地，又名文地貓。香港著名圖文作家及插畫師，2006 年起推出《他她牠》系列繪本，其後亦於多間媒體刊載圖文作品，至今出版共十多本書冊。

繪本以細膩而真摯的文字，色彩繽紛而柔和的畫風，描述人和動物之間的親情。對曾經歷寵物離世的人來說，絕對是一份理想的安慰禮物。

梁梓敦 Arnold，安寧服務社工，死亡學院士，曾出版兒童生死教育繪本《一直陪著你》。

其實一直以來我都好鍾意貓，每次出街見到哋铺頭貓都會欲罷不能，係咁撠貓！而上年開始我更加正式成為咗貓奴，擁有我第一隻貓，作叫蚊滋！從此對貓有另一番更深嘅體會。

每逢放工返到屋企即使幾劫都好、每逢打開電話睇到個社會幾差都好，只要見到蚊滋懶洋洋咁喺我張床度瞓緊，我都會情不自禁咁大大力吸作個臭頭一啖，呢一啖不得了，將所有煩惱一掃而空。有時會諗或者貓係人類活喺呢個時代最有效嘅抗抑鬱藥～希望大家吸貓快樂！

東方昇，100毛偽人，行徑癲喪只為完成《國家級任務》。
一向以崩牙 KOL 自居，但最近喜獲新身份——蚊滋老豆。

每一位養過小動物都會經歷過或者會面對的事。可能你每天習慣了寵物的陪伴，但這不是理所當然的，好好珍惜每一天才最重要！很喜歡這本書清新簡潔的畫風，除了小貓，背景也充滿了濃濃的香港懷舊氣氛。

Sunny & Creamy，人氣情侶檔 YouTuber，影片主題圍繞整蠱、挑戰與各種吃喝玩樂體驗。育有愛犬嗚嗚、柏柏，嗚嗚於一年前回到汪星球。

序

這是一個真人真事改編。2019 年，妹妹（音：妹梅）來到我們家，一年多後，妹妹在一次意外中離開了。

妹妹如常地陪我走過一段不尋常的日子。也因為那段日子的不尋常，妹妹成為了書中的「偏見」，沒有得到大家想像中的愛與溫柔。

與其說是遺憾與後悔，我想那更是重新認識與懷念。這一年很努力籌備這本書，就是想延續對妹妹的愛，同時提醒更多人珍惜和好好照顧原來每天伴在身邊的小天使。

願我可以再抱緊妳多一次。我把這願望，向著天空最亮的那顆星星細說，那麼妳便會知道。簡單而隆重的再一次感謝妳，妹妹。

妹爸

此書 獻給 天上的妹梅。

下雨天，
兩隻小貓在篷篷下看著匆匆落下的雨水
和翩翩起舞的水花，看得入神。

藍藍看見兩隻濕透的小貓，
嚷著要給牠們一把傘。

藍藍抱著小貓回家

10

牠們在屋內興奮跑跳，
推倒書櫃中的《傲慢與偏見》

苜苜便決定把「傲慢」
和「偏見」送給他們，
成為牠們的名字。

藍藍很痛錫傲慢和偏見，
常常為牠們準備食物
以及清潔砂盤

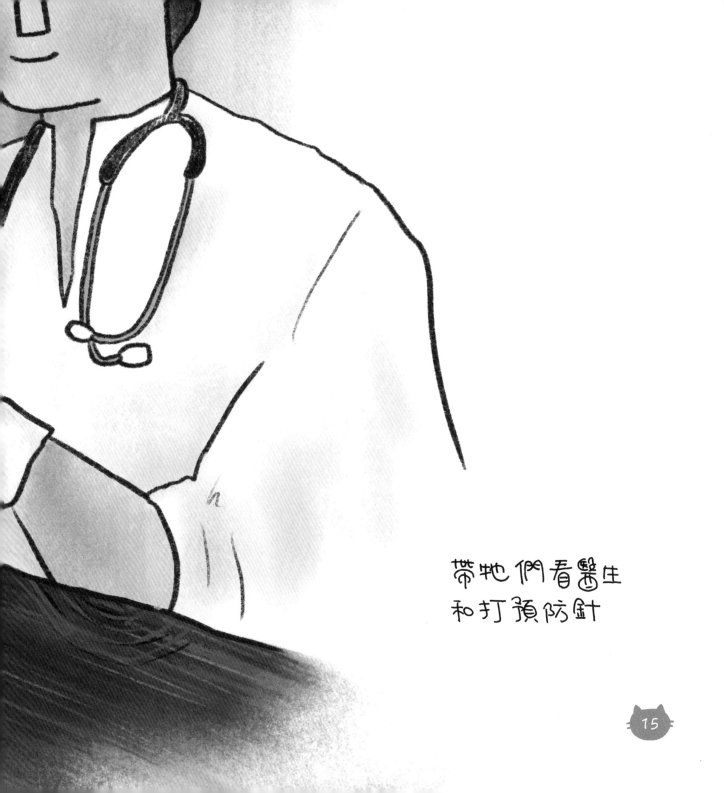

帶牠們看醫生
和打預防針

15

傲慢總是躲起來

偏見喜歡黏著人

18

19

牠慢慢把頭蜷縮在露口，像海螺，又像蝸牛，連著牠的遙阳！

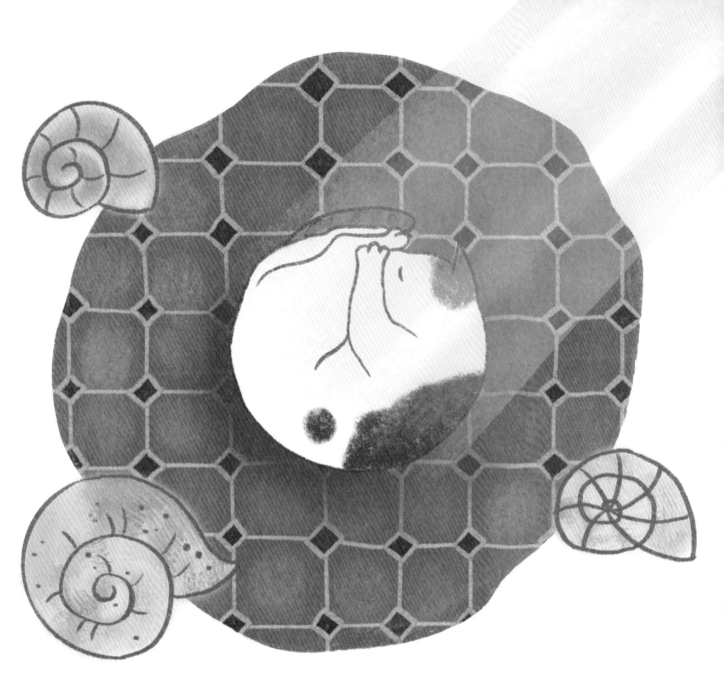

22

偏見喜歡躺在藍藍腿上，
藍藍就是牠的好朋友。

咕嚕 咕嚕

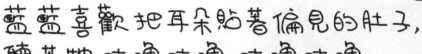

藍藍喜歡把耳朵貼著偏見的肚子，
聽著牠咕嚕咕嚕、咕嚕咕嚕……

媽媽說：
「因為你是牠的小太陽
牠感到很安心、很舒適。」

從此以後，
藍藍每天更細心照顧偏見，
因為她是偏見的小太陽。

偏見害怕隆隆的雷聲。

每逢下雨天，
藍藍打著瞌睡輕輕撫摸著牠。

傲慢仍然蜷縮在那四四方方的紙箱裏，
自得其樂。

29

頑皮的偏見覺得搗蛋是一件很有趣的事情,傲慢只會在旁邊觀察著。

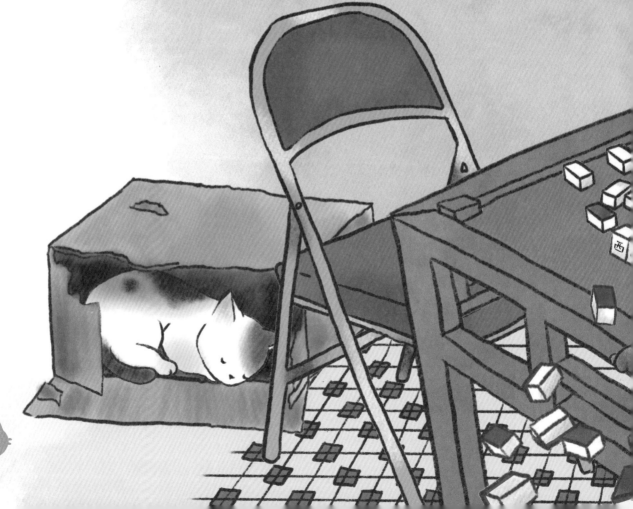

31

偏見發現了魚缸的魚在飛舞，
牠很喜歡，衝了過去。

藍藍大聲呼喊阻止。
偏見嚇壞了，躍身一跳，
「噗通」一聲跌進了魚缸。

34

藍藍慌張得手忙腳亂，
最後跟媽媽合力把偏見
從水深火熱中拯救出來！

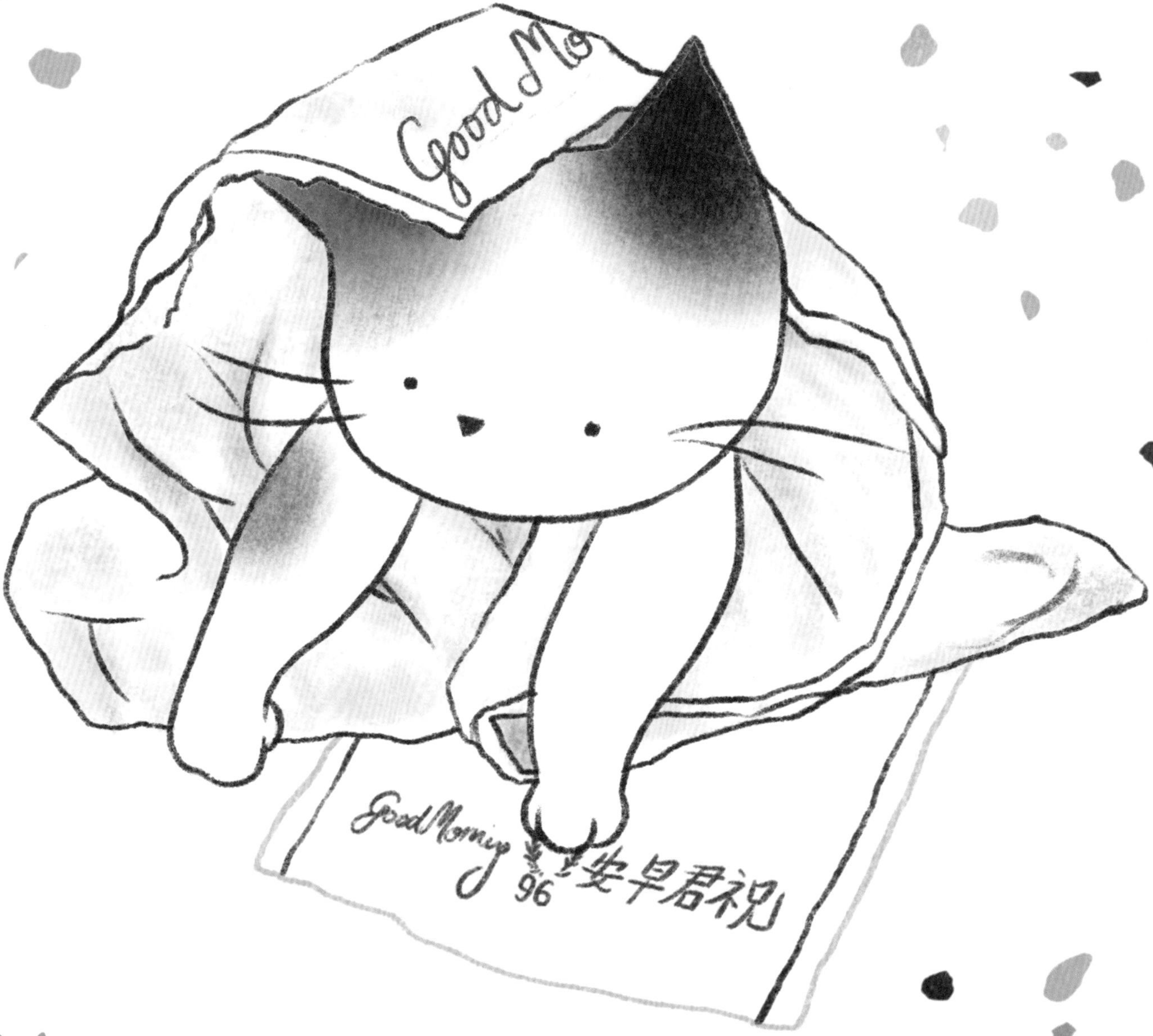
Good Mo
Good Morning
96
祝君早安

藍藍用柔軟的毛巾為
偏見抹乾身體。

偏見做了錯事，
但藍藍最愛的就是偏見了，
所以不會責罵牠。

38

可是，偏見開始不喜歡吃罐罐，
一整天都不喝水，經常昏昏欲睡。

藍藍很擔心，傲慢也很擔心。
傲慢再也不躲在紙箱了，
牠靜靜地在偏見身邊徘徊。

下雨天，
藍藍擔心偏見害怕，
放學後便馬上奔跑回家。

46

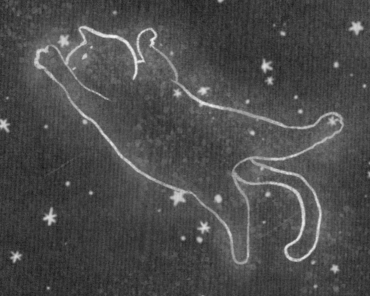

媽媽溫柔地對藍藍說:
「偏見離開了,牠去了很遙遠的地方。」

那是,遙遠得坐飛機也不會到達的地方。

想念偏見的時候,藍藍會抬頭看看星空。
媽媽說,最閃耀的那顆星星便是偏見。

48

49

藍藍看著熟睡的偏見
喃喃自語，說了最後一聲晚安。

有時候，藍藍掛念偏見，
輾轉反側。

在黑暗的睡房，傲慢雙眼閃閃發光。藍藍在想，平日抱著偏見睡覺時，傲慢也在這裏嗎？

54

藍藍知道，傲慢跟偏見一樣，
時間到了，就會到那很遙遠
的地方。

55

就像冬天到了，
變黃的葉子都會徐徐落下。
落下的葉子，在大地長眠，
永遠留在冬天。

藍藍知道，
他要好好珍惜屬於
他和傲慢的春天。

作為負責任的主人,我們應該......

撰文:廖詠怡

住

- 🐾 領養代替購買
- 🐾 飼養前充分考慮及進行資料搜集

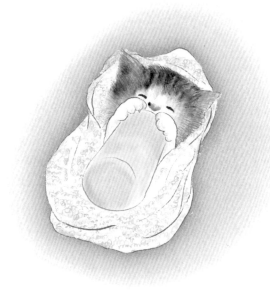

老

- 🐾 仔細觀察寵物的身心狀況
- 🐾 按需要轉換老年食糧

病

- 留意家居佈置,保持環境潔淨
- 定期帶牠進行護理及身體檢查

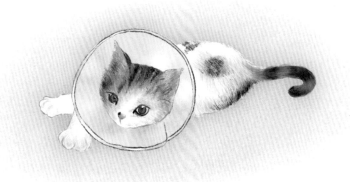

死

- 盡力陪牠渡過餘生
- 珍惜相處點滴,做好心理準備

讓我們與心愛的寵物
一起好好生活。

61

偏見與傲慢

插圖：菜心
文字：心琳
編輯：王仲傑
出版：陸續出版有限公司（香港九龍長沙灣道 760 號香港紗廠第 5 期 4 樓 C 室）
電話：3741 2620
傳真：3175 3903
網址：www.underproductionhk.com

印刷：高科技印刷集團有限公司
發行：聯合書刊物流有限公司
出版日期：2021 年 9 月初版
ISBN：978-988-75840-0-1
定價：HK$120